Katharina Kindermann | Alexandra Eck | Joachim Schroeter

Der Kiliansdom zu Würzburg

Bibliografische Information der Deutschen Nationalbibliothek

Die Deutsche Nationalbibliothek verzeichnet diese Publikation in der Deutschen Nationalbibliografie; detaillierte bibliografische Daten sind im Internet über <http://dnb.d-nb.de> abrufbar.

www.echter-verlag.de

Gestaltung: Christine Eisner, Würzburg
Druckerei: Konrad Triltsch, Ochsenfurt
ISBN 978-3-429-03833-5

Katharina Kindermann | Alexandra Eck | Joachim Schroeter

Der Kiliansdom zu Würzburg

Ein Kirchenführer für Jung und Alt

echter

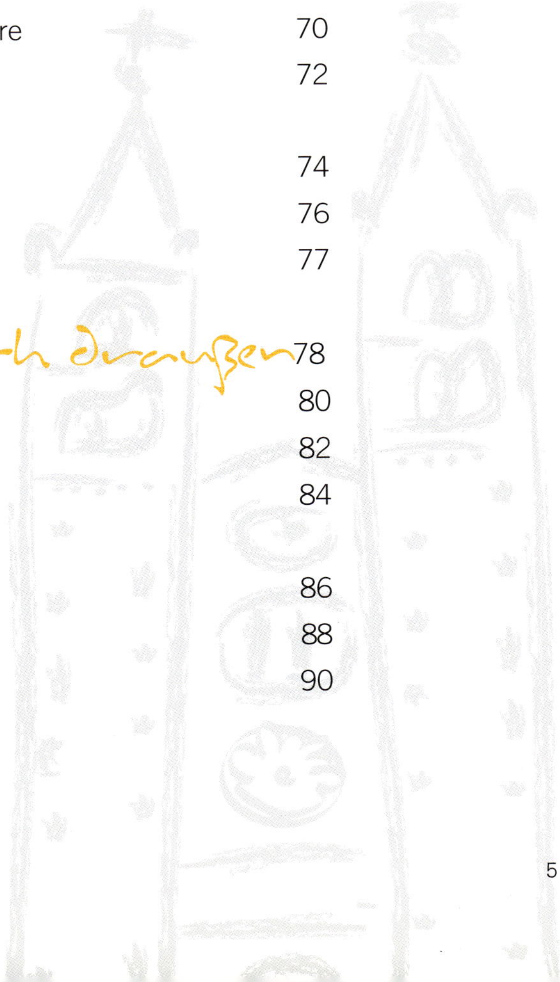

Liebe Besucherin,
lieber Besucher des Domes!

Jede Kirche, ob groß oder klein, sei es die kleine Kapelle oder ein großer Dom, ist Bild dafür, dass alle Menschen bei Gott zuhause sein dürfen. Es ist das Haus Gottes, im Lateinischen heißt das „Domus Dei“. Daher nennen wir die großen Kirchen auch Dome.

Gott will uns hier begegnen. Die vielen Menschen, die an diesem Haus gebaut haben, wollten vermitteln, dass Gott uns Geborgenheit und Nähe schenkt, dass er uns in den Stürmen des Lebens ein Dach über den Kopf gibt, dass er uns, wenn wir nicht mehr aus und ein wissen, Trost und Zuspruch geben will. Das Kreuz, der Altar und das Ewige Licht sind Zeichen dafür, dass Gott in Jesus Christus immer und überall gegenwärtig ist.

Unser Würzburger Dom zeigt einen Weg durch viele Jahrhunderte einer Bau- und Kunstgeschichte. Alle Zeiten haben entsprechende Stile und Bilder hinterlassen. Aber noch mehr zeigt der Dom den Weg durch 1300 Jahre Glaubensgeschichte unseres Bistums. Er erzählt anschaulich von den Anfängen mit den Frankenaposteln Kilian, Kolonat und Totnan, die das Evangelium in unser Frankenland brachten, bis hin zu den Glaubenszeugen der Gegenwart. Im Hochchor sind sie alle versammelt. Der Weg durch den Dom ist auch ein Bild für unsere Lebensgeschichte. Vom Schöpfungsportal am Domvorplatz bis zum wiederkommenden Christus in der Apsis des Domes wird uns gesagt, dass wir von Gott kommen und auf unserem Lebensweg zu Gott gehen. Wir gehen unsere Wege und Gott kommt uns immer wieder entgegen, erst recht am Ende unseres Lebens. Das tut gut zu wissen, wenn wir manchmal erfahren, dass unser Leben aus vielen Um- und Irrwegen bestehen kann. Gott wird alles zum Guten wenden. Das hat Jesus Christus mit seinem Leben, Sterben und Auferstehen bezeugt.

Diese Botschaft soll alle Menschen erreichen. Dafür soll ein Bischof in seinem Bistum sorgen mit den vielen Mitarbeiterinnen und Mitarbeitern. So ist unser Dom nicht nur eine Kirche wie viele andere, sondern er ist eine Bischofskirche, weil hier der Bischof zusammen mit den vielen Gläubigen in den Feiern der Gottesdienste die Menschen ermutigt und mit ihnen Kraft schöpft für das Zeugnis von Gott in unserem Leben.

Ein herzliches Dankeschön gilt dem Autorenteam: Frau Katharina Kindermann, Frau Alexandra Eck und Herrn Joachim Schroeter. Ebenso gilt mein Dank der Grafikerin, Frau Christine Eisner. Mit viel Liebe und Engagement haben sie in Wort und Bild eine Führung durch den Dom zusammengestellt.

Ich wünsche den Besucherinnen und Besuchern unseres Domes, den Jungen und Alten, den Großen und Kleinen, den Nahen und Fernen, dass sie etwas von der Freude im Glauben erfahren, die der Dom, das Haus Gottes, schenken will.

Viel Freude beim Lesen und Betrachten wünscht

Ulrich Boom
Dompropst am Kiliansdom
Weihbischof in Würzburg

Von Kilian bis heute

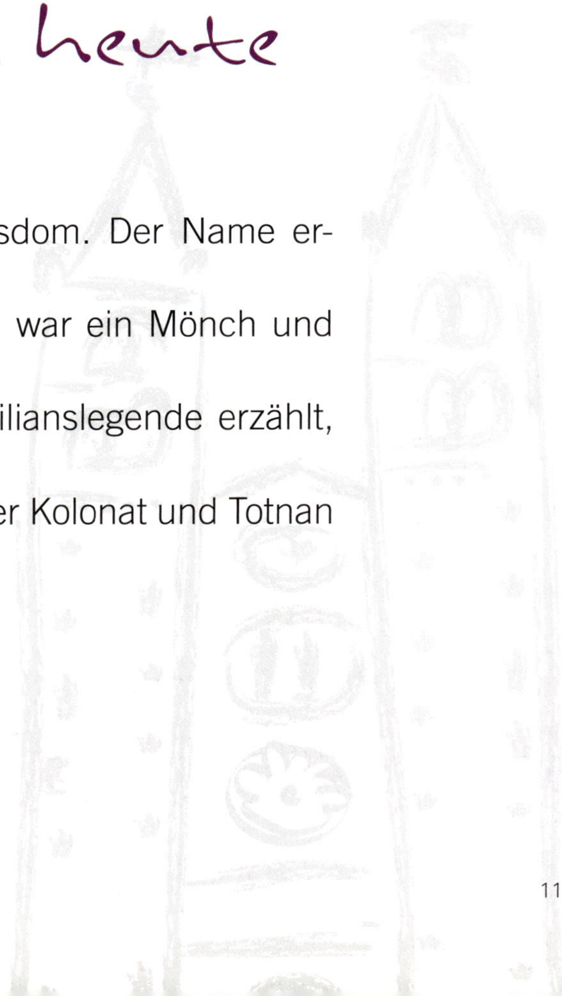

Der Dom in Würzburg heißt Kiliansdom. Der Name erinnert an den heiligen Kilian. Kilian war ein Mönch und lebte vor über 1300 Jahren. Die Kilianslegende erzählt, was diesen Mann und seine Begleiter Kolonat und Totnan mit Würzburg verbindet.

Die Kilianslegende

1. Vor mehr als 1300 Jahren kamen drei Wandermönche aus Irland nach Würzburg. Sie hießen Kilian, Kolonat und Totnan. Damals kannten die Menschen hier in der Region Jesus und seine Botschaft vom Reich Gottes nicht.

2. Kilian, Kolonat und Totnan gingen zu ihnen und erzählten davon. Auch Herzog Gozbert, der in dieser Zeit in Würzburg regierte, hörte den drei Wandermönchen zu. Weil er davon so begeistert war, ließ er sich taufen und wurde Christ, wie viele andere Würzburger auch.

3. Doch die Geschichte nahm eine schlimme Wendung. Kilian verlangte von Herzog Gozbert, er solle sich von seiner Frau Gailana trennen. Die war zuvor mit Gozberts Bruder verheiratet, der bereits gestorben war. Nach dem damaligen Kirchenrecht war diese Ehe verboten. Gailana wollte die Trennung verhindern und so ließ sie die drei Wandermönche mit einem Schwert ermorden und versteckte ihre Leichen. Einige Jahre später fanden die Würzburger das Grab von Kilian, Kolonat und Totnan.

4. Die Schädelknochen dieser drei Wandermönche werden bis heute in einem kostbaren Kasten aus Bergkristall (Schrein) im Altar des Kiliansdomes aufbewahrt. Sie erinnern uns an das große Glaubensvorbild, das uns Kilian, Kolonat und Totnan geschenkt haben. So werden sie bis heute als Frankenapostel verehrt.

Das Kiliansportal

Ein Seitenportal des Domes erzählt die Kilianslegende in Bildern. Ordne den Bildern auf dem Kiliansportal die richtigen Zahlen der Geschichte zu!

Die Aufgaben eines Bischofs

Der Dom ist eine Bischofskirche. Der Bischof leitet das Bistum – ähnlich wie ein Pfarrer eine Pfarrei. Das Wort Bischof stammt aus dem Griechischen und bedeutet „Hüter“, „Aufseher“ oder „Schützer“. Was ein Bischof macht, sagt also schon das Wort selbst. Wie ein guter Hirte leitet der Bischof das Bistum. Er verkündet die Frohe Botschaft Jesu Christi, betet und spricht mit den Menschen und feiert mit ihnen Gottesdienst.

An folgenden Dingen kann man einen Bischof erkennen:

Bischöfe von Würzburg

Der heilige Burkard steht am Anfang einer bedeutenden Reihe von Bischöfen des Bistums Würzburg. Hier berichten uns einige aus ihrem Leben:

„Im Jahr 741/742 gründete der heilige Bonifatius das Bistum Würzburg. Mich machte er zum ersten Bischof. Als **Bischof Burkard** sollte ich im Frankenreich die Kirche organisieren und dafür sorgen, dass das Christentum weiter bekannt wird. Ich habe vom Papst die Zustimmung erhalten, dass von nun an Kilian, Kolonat und Totnan als Heilige verehrt werden durften."

Bischof Burkard
Amtszeit:
742–753

„Auch mein Leben war für das Bistum Würzburg von großer Bedeutung. Ich heiße **Bischof Bruno**. Ich war ein gelehrter Mann und habe ein Buch über Psalmen aus der Bibel geschrieben. Als ich Bischof in Würzburg war, sah der Dom noch ganz anders aus als heute. Ich habe den Dom umbauen und vergrößern lassen. Ein Teil der Krypta ist nach mir benannt. Hier bin ich auch begraben."

Bischof Bruno
Amtszeit:
1034–1045

„Mein Name ist **Rudolf von Scherenberg**. Schaut man sich mein Gesicht auf meinem Grabstein an, könnte man meinen, ich sei ein sehr strenger Bischof gewesen. Vielleicht war ich das auch. Meine Vorgänger haben mir viele Schulden hinterlassen und so war es mein Anliegen, das Bistum wieder auf Vordermann zu bringen. Ich war fast 30 Jahre lang Bischof in Würzburg. In dieser Zeit habe ich viele Bücher für den Gottesdienst drucken lassen und war ein sehr frommer Mann. So konnte ich auch den Glauben im Bistum Würzburg neu stärken.“

Rudolf von Scherenberg
Amtszeit:
1466–1495

Julius Echter
Amtszeit:
1573–1617

„Nachdem das Mittelalter mit seinen Kriegen und Kämpfen vorüber war, hat der Papst mich zum Bischof von Würzburg eingesetzt. Ich bin **Julius Echter von Mespelbrunn**. Man sagt mir nach, dass ich mich besonders den Armen und Kranken gewidmet habe. Deshalb habe ich das Juliusspital, ein bekanntes Krankenhaus und Altenheim, gestiftet. Ebenso sorgte ich mich darum, dass gute Schulen eingerichtet wurden und auch eine Universität in Würzburg gegründet wurde.“

„Mit gerade 35 Jahren wurde ich zum Bischof geweiht. Meine Amtszeit fiel in die Zeit nach dem Zweiten Weltkrieg. Ich heiße **Julius Döpfner** und meine Sorge galt damals dem Wohnungsbau und dem Wiederaufbau des Domes nach der Zerstörung Würzburgs am 16. März 1945. Leider war ich nur neun Jahre Bischof von Würzburg, dann wurde ich nach Berlin, später nach München berufen. Das fiel mir nicht ganz leicht, denn ich bin ein sehr heimatverbundener Mensch und liebte es, als Seelsorger bei meinem Volk im Frankenland zu sein."

Julius Döpfner
Amtszeit:
1948–1957

All diese Bischöfe haben das Bistum Würzburg in ihrer ganz besonderen Weise geprägt. Durch sie wurde Würzburg zu einer geistlichen, kulturellen und politischen Stadt. Sie stehen bis heute in der langen Reihe der Nachfolger der Apostel Jesu. Diesem Vorbild folgend, verkünden die Bischöfe das Evangelium bis heute.

Wie heißt der jetzige Bischof von Würzburg?

optik
schmidt
APOTHEKE

Vor dem Dom

Die Mauern des Domes sind schon viele hundert Jahre alt. Vor dem Betreten lohnt es sich, den Dom einmal von außen zu betrachten und diesen mächtigen Bau auf sich wirken zu lassen. Man kann hier vieles hören: die Geräusche der Straße, das Schlagen der Glocken …

Die Glocken

Vor dem Gottesdienst läuten die Glocken und laden zum Mitfeiern ein. Wenn alle Glocken läuten, ist es so laut, dass man das eigene Wort nicht mehr versteht. Wie viele Glocken das wohl sind? 18? 20? Es sind sogar 32! Seit 2008 ergänzen 12 kleine Zimbelglocken das Geläut.

Wie viele Glocken befinden sich in beiden Türmen?

a) 18 b) 20 c) 32

Das Hauptportal

Die großen Eingangstüren am Dom sind besonders gestaltet. Einige von ihnen zeigen Bilder aus der Bibel. Wer das Hauptportal – die größte Eingangstür – betrachtet, kann viel entdecken: Menschen, Tiere, Pflanzen, Sonne, Wellen ... Und ganz oben eine Hand. Das von Fritz Koenig gestaltete Hauptportal erzählt die Schöpfungsgeschichte.

Es ist wie ein großes Eingangstor, das den Besucher mit seinen Bildern auffordert: „Komm herein! Hier drinnen findest du einen Ort, an dem du Gott ganz nahe sein kannst, einen Ort, an dem sich Himmel und Erde berühren!“

Schau dir das Hauptportal einmal genau an! Sicher kannst du viele Dinge von der Erschaffung der Welt erkennen.
Und hast du die Hand Gottes schon entdeckt? Wenn du umblätterst, findest du Hilfe.

Am Anfang schuf Gott Himmel und Erde. Die Erde war noch dunkel und wüst und leer. Da sprach Gott: „Es soll Licht werden."
Und so geschah es. Gott machte den Tag und er machte die Nacht. Gott trennte das Wasser und das Land voneinander und gab dem Himmel seinen Namen.

Gott sagte: „Auf der Erde sollen Pflanzen und Blumen und Bäume wachsen."
Und er setzte die Lichter an den Himmel: Die Sonne für den Tag, den Mond und die Sterne für die Nacht.
Gott schuf auch die Tiere. Solche, die auf dem Land leben, und andere, die sich im Wasser tummeln. Alle Arten von Tieren machte Gott.
Und Gott schuf den Menschen: Frau und Mann. Gott sah alles an, was er gemacht hatte, und er sah: Alles war sehr gut.

(nach Genesis 1,1–31)

Innen angekommen

Betritt man den Dom, ändert sich etwas. Plötzlich ist es ganz still – ehrwürdig, heilig. Hier herrscht eine besondere Atmosphäre. Viele Besucher tauchen beim Eintreten ihre Hand in das große Weihwasserbecken. Christen machen mit dem geweihten Wasser ein Kreuzzeichen. Es ist die Erinnerung an die Taufe. Der gläubige Mensch bekennt sich zu Jesus Christus.

Von den Anfängen bis zum Zweiten Weltkrieg

Im großen Dom wirkt so manches uneinheitlich. Weiße Wände mit Verzierungen, weiße Wände ganz ohne Schmuck, flache Decken hier und gewölbte Decken dort, alte und neue Kunstwerke. Das liegt daran, dass der Dom sehr alt ist und schon viel erlebt hat. Zu allen Zeiten haben Menschen an diesem Dom gebaut und ihn verändert. Ursprünglich ist diese Bischofskirche ein romanisches Gebäude. In der **Romanik** baute man flache Decken, dicke Mauern und kleine Fenster mit runden Bögen. So auch im Jahr 1040, als der Grundstein für den Dom gelegt wurde. Später bekam der Dom Fenster mit Bögen, die oben spitz zulaufen. Das ist das Kennzeichen der **Gotik.** Außerdem wurden die hellen Wände des Domes mit Bildern ausgemalt und die flachen Decken durch Gewölbe ersetzt.
Die größte Veränderung hat der Würzburger Dom dann ab Beginn des 18. Jahrhunderts erfahren. Diese Zeit nennt man in der Kunstgeschichte **Barock.** Die Kirchenwände wurden verziert, viele weiße Engel und ganz viel Gold waren zu sehen. Nichts war den Baumeistern dieser Zeit zu teuer, um den Menschen zu zeigen, dass in diesem Haus Gott wohnt und sich die Menschen hier wie im Himmel fühlen können.

1. Romanik
2. Gotik
3. Barock

Vom Zweiten Weltkrieg bis heute

So prächtig stand der Würzburger Dom bis zum 16. März 1945. An diesem Tag wurde die Stadt Würzburg bombardiert. Der Dom war eine Ruine.
Es gab verschiedene Ideen, wie der Dom wieder aufgebaut werden sollte: So schlicht und einfach wie zu seiner Entstehungszeit oder so prächtig wie in der Zeit des Barock. Es ist eine Verbindung aus beiden Ideen entstanden: Romanische und barocke Baukunst verbinden sich und der Dom bietet alten und modernen Kunstwerken eine Heimat. So kann man auch noch Jahre später die Geschichte von Zerstörung und Wiederaufbau am Würzburger Dom ablesen. Und noch immer kommen Menschen hier in dieses Gotteshaus und suchen und fragen nach Gott.

1
3
2

Der Weg durch den Dom

Der Besucher betritt den Dom durch das Hauptportal mit der Schöpfungsgeschichte. Sein Weg führt ihn dann am siebenarmigen Leuchter vorbei an das Taufbecken in der Mitte des Domes bis hin zum Altar. Ziel dieses Weges ist der wiederkommende Christus, der dem Besucher im Hochchor mit ausgebreiteten Armen entgegenläuft.

Die Menora

Vielen Besuchern fällt der große siebenarmige Leuchter im Würzburger Dom auf. Es ist eine Menora. Im Judentum steht die Menora für die Erleuchtung des Volkes Israel durch Gott. Ein Leuchter mit sieben Kerzen stand schon im Tempel von Jerusalem. Im Dom erinnert uns dieser Leuchter daran, dass Gott zuerst einen Bund mit dem Volk Israel geschlossen hat. Der erste Teil der Bibel, das Alte Testament, berichtet davon. Da sagt Gott zu Abraham:

Ich schließe meinen Bund zwischen mir und dir samt deinen Nachkommen, Generation um Generation, einen ewigen Bund: Dir und deinen Nachkommen werde ich Gott sein.

(Genesis 17,7)

An welche Religion erinnert dieser Leuchter?

__ U __ __ __ T __ __

Die Heiligen Drei Könige

Auf dem Weg durch den Dom begegnen dem Besucher drei Männer: Es sind die Heiligen Drei Könige, die wir Caspar, Melchior und Balthasar nennen. In ihrer Mitte steht die lächelnde Maria mit Jesus auf dem Arm. Jeder König hat sich auf den weiten Weg gemacht und bringt dem Jesuskind etwas mit. Die drei Gaben haben eine besondere Bedeutung.

Der **Weihrauch** verweist auf die Göttlichkeit des Jesuskindes. Der aufsteigende Rauch zeigt wie ein Wegweiser in den Himmel.

Gold war schon zur Zeit von Jesus sehr kostbar. Es ist ein Geschenk für einen König. Mit diesem Gold wird das Jesuskind als König verehrt.

Ein König bringt ein Kästchen mit Myrrhe. **Myrrhe** ist eine Heilpflanze und wird bis heute von Ärzten verwendet. Sie zeigt, dass Jesus die Menschen heilt.

Das Taufbecken

In der Mitte des Domes steht das Taufbecken. Es wurde 1279 aus Bronze gegossen. Es zeigt acht Bilder, die aus dem Leben Jesu erzählen: Die Ankündigung seiner Geburt, die Geburt Jesu, die Taufe Jesu im Jordan, seine Kreuzigung, die Auferstehung, Jesu Himmelfahrt, das Pfingstereignis und das Geschehen des Jüngsten Gerichts.

Bis zum heutigen Tag werden hier Menschen getauft. Wer zu Jesus Christus gehören möchte, wird durch die Taufe in die Gemeinschaft der Kirche aufgenommen. Neben dem Taufbecken steht der große Kerzenständer mit der Osterkerze. Sie ist ein Zeichen für Jesus Christus. Ihr Licht erinnert uns an seine Auferstehung.

Finde zu jedem Bild die passende Bibelstelle!

1. Geburt: *Als sie dort waren, kam für Maria die Zeit ihrer Niederkunft, und sie gebar ihren Sohn, den Erstgeborenen. Sie wickelte ihn in Windeln und legte ihn in eine Krippe, weil in der Herberge kein Platz für sie war.* (Lukas 2,6–7)

2. Taufe: *Zu dieser Zeit kam Jesus von Galiläa an den Jordan zu Johannes, um sich von ihm taufen zu lassen.*
(Matthäus 3,13)

3. Kreuzigung: *Bei dem Kreuz Jesu standen seine Mutter und die Schwester seiner Mutter, Maria, die Frau des Klopas, und Maria von Magdala. Als Jesus seine Mutter sah und bei ihr den Jünger, den er liebte, sagte er zu seiner Mutter: „Frau, siehe dein Sohn."*
(Johannes 19,25–26)

4. Himmelfahrt: *Nachdem Jesus, der Herr, dies zu ihnen gesagt hatte, wurde er in den Himmel aufgenommen und setzte sich zur Rechten Gottes.* (Markus 16,19)

Die Bischofsgrabmäler

Geht man durch das Mittelschiff des Domes, stehen rechts und links an den Pfeilern kunstvolle Grabdenkmäler von Bischöfen, die in den vergangenen Jahrhunderten hier im Bistum Würzburg gewirkt haben. Die Bischöfe sind in Grabkammern unter dem Fußboden bestattet. Kleine Bleikreuze im Boden markieren ihre Grabstellen.
Fast alle Bischöfe sind mit ihrem Bischofsstab zu sehen. Meistens tragen sie auch ihren Bischofshut, die Mitra. Manche haben auch noch ein Schwert in der Hand. Diese Bischöfe waren Fürstbischöfe, denn sie hatten Macht und Verantwortung sowohl im kirchlichen Leben (Bischof) als auch im weltlichen Leben (Fürst) der Menschen. Das Schwert ist nicht zum Kampf aufgerichtet, sondern seine Spitze zeigt nach unten: Der Fürstbischof durfte seine Macht nur zum Schutz der Menschen einsetzen. Viele Grabsteine zeigen auch Wappen. Diese Wappen kann man wie einen Stammbaum lesen. Sie stehen für den Namen und die Herkunft der Familie, aus welcher der Bischof stammt.

Wo ist das Grabmal von Rudolf von Scherenberg?
Ein kleiner Tipp: Das Wappen des Bischofs zeigt eine rote Schere.
Auf Seite 18 dieses Buches erzählt Rudolf von Scherenberg
seine Geschichte.

Die Kanzel

Vorne im Kirchenschiff steht die Kanzel des Domes. Der Künstler Michael Kern hat sie im Jahr 1609/1610 für den Dom gefertigt. Zu dieser Zeit gab es im Dom noch kein Mikrofon. So wurde die Predigt von der Kanzel aus gehalten, damit sie jeder gut hören konnte. Wer die Predigt hielt, stand im Korb der Kanzel und hatte eine erhöhte Stellung. Der Schalldeckel sorgte dafür, dass die Worte überall im Dom gut zu verstehen waren. Heute wird die Kanzel nur noch selten verwendet. Die Predigt wird vom Lesepult im Altarraum (Ambo) aus gehalten.

1. Schalldeckel
2. Kanzelkorb
3. Kanzelfuß

Am Fuß der Kanzel sitzen vier Personen, die alle ein Buch in den Händen halten. Es sind die vier Evangelisten: Matthäus, Markus, Lukas und Johannes. Sie haben das Wort Gottes aufgeschrieben. Jeder von ihnen wird von einem Symbol begleitet: **E**ngel, **L**öwe, **S**tier und **A**dler. Man kann sich leicht merken, welches der Symbole zu welchem Evangelisten gehört. Dafür muss man nur wissen, in welcher Reihenfolge die Evangelisten in der Bibel stehen: als Erster Matthäus, dann Markus, danach Lukas und als Letzter Johannes. Nimmt man die jeweiligen Symbole der Evangelisten in dieser Reihenfolge, ergeben ihre Anfangsbuchstaben das Wort ELSA.

ENGEL

Matthäus

LÖWE

Markus

STIER

Lukas

ADLER

Johannes

Welcher der vier Evangelisten an der Domkanzel hält einen Stift in der Hand?

Der Altarraum

Der Blick in den Altarraum ist beeindruckend. Sofort fällt der helle Stuck auf, das mächtige Kreuz über dem Altar und der dunkelgraue Altar aus Marmor. Hier ist der Ort, an dem der Bischof oder ein anderer Priester zusammen mit der Gemeinde die Heilige Messe feiert. Am Altar werden die Worte Jesu gesprochen. So werden Brot und Wein zu Jesu Leib und Blut gewandelt. Die Gemeinde erinnert sich an Jesu Leben, Tod und Auferstehung. In Brot und Wein ist Jesus ihnen nahe.

Das ist mein Leib für euch. Tut dies zu meinem Gedächtnis! Ebenso nahm er nach dem Mahl den Kelch und sprach: Dieser Kelch ist der Neue Bund in meinem Blut. Tut dies, sooft ihr daraus trinkt, zu meinem Gedächtnis.

(1. Korintherbrief 11,24–25)

Links neben dem Altar steht der Tabernakel. Beide hat Albert Schilling gestaltet. Im Tabernakel wird das heilige Brot, der Leib Christi, aufbewahrt. Es liegt in einem goldenen Gefäß. Dieses Brot nennt man Hostien. Über dem Tabernakel brennt ein rotes Licht, das Ewige Licht. Es zeigt uns, dass Jesus hier in der Kirche ist. Im Leib Christi ist Jesus immer da. Weil gläubige Menschen hier Jesus verehren, machen sie vor dem Tabernakel eine Kniebeuge.

Thomas von Aquin hat im 13. Jahrhundert zu diesem Geheimnis des Glaubens Folgendes geschrieben:

Gottheit tief verborgen

Text: Thomas von Aquin 13. Jh., Übersetzung: Petronia Steinert [1947] 1950 © Herder Verlag, Freiburg, Melodie: Frankreich 17./18. Jh.

Der Altar birgt einen kostbaren Kasten aus Bergkristall. In diesem Schrein werden die Schädelknochen der drei Frankenapostel Kilian, Kolonat und Totnan aufbewahrt. Durch ein kleines Fenster kann man den Schrein sogar sehen. Diese Schädelknochen sind für die Gläubigen sehr wertvoll. Sie werden als Reliquien verehrt und erinnern daran, wie die Frankenapostel den Menschen in Würzburg den Glauben verkündet haben. Zum Kilianifest am 8. Juli wird dieser Schrein aus dem Altar genommen und gezeigt.

Kilianslied

Text und Melodie: Gg. Joseph Vogler (Catechismus) 1625

Der Hochchor

Blickt man über den Altar hinaus, so kann man eine Figur sehen, die ganz in Weiß gehalten ist und vor einem goldenen Hintergrund steht. Diese Figur stellt Jesus Christus dar. Er hat ein freundliches Gesicht. Wenn man auf die Füße schaut, sieht es fast so aus, als wolle er uns entgegenkommen. Beide Arme sind weit ausgebreitet, als möchte er die Menschen im Kiliansdom in seine Arme schließen.

Der Künstler Hubert Elsässer hat hier eine Stelle aus dem letzten Buch der Bibel bildlich umgesetzt. Es ist die Offenbarung des Johannes. Hier wird berichtet, wie Christen sich das Ende aller Zeiten vorstellen dürfen. Dann wird Jesus uns entgegenkommen und uns in seine Arme schließen. Der wiederkehrende Christus ist ein sehr hoffnungsvolles Bild und veranschaulicht die letzten Worte der Bibel:

Amen. Komm, Herr Jesus! Die Gnade des Herrn Jesus sei mit allen!

(Offenbarung 22,20–21)

Unter der Christusfigur eröffnet sich das Bild des himmlischen Jerusalem. Zu sehen sind 12 Tore, die mit Perlen besetzt sind. In ihrer Mitte steht ein Lamm, das Christus symbolisiert. Aus diesem Lamm fließt ein goldener Strom des Lebens, um den ringsherum Blüten, Blätter und Früchte sprießen. Dieser Lebensstrom trifft direkt auf drei Männer. Es sind Kilian, Kolonat und Totnan. Darunter befindet sich ein steinerner Stuhl. Es ist die Kathedra des Bischofs. Eine Bischofskirche nennt man deshalb auch Kathedrale. Es ist Aufgabe des Bischofs, hier die Frohe Botschaft zu verkünden.

Kilian, Kolonat und Totnan stehen in der Mitte eines Halbkreises aus insgesamt 39 Personen. Hier sind Menschen dargestellt, die uns im Glauben an Jesus ein Vorbild sein können. So steht hier zum Beispiel Bischof Bruno, der ein Buch in der Hand hält. Es erinnert daran, dass Bischof Bruno Psalmen aus der Bibel erklärt und darüber auch selbst ein Buch geschrieben hat. Auch Antonia Werr kann man hier entdecken. Liebevoll legt sie ihren Arm um ein kleines Mädchen. Sie gründete die Gemeinschaft der „Oberzeller Franziskanerinnen", einen Frauenorden, der sich bis heute um heimatlose und ausgestoßene Mädchen und Frauen kümmert.

Die Kreuze im Dom

Wer mit offenen Augen durch den Kirchenraum geht, sieht sie: die vielen verschiedenen Kreuze. Mal ganz weit oben an der Decke hängend, mal ganz klein auf dem Fußboden, mal als Gemälde oder aus Stein gehauen. Das Kreuz ist das Erkennungszeichen der Christen: Jesus starb am Kreuz, aber er blieb nicht im Tod, sondern erstand zu neuem Leben. So ist das Kreuz auch ein Zeichen der Hoffnung.

Dieses Kreuz hängt hoch oben. Es befindet sich über dem Altar und zeigt schon von weitem, dass Jesus hier im Dom wohnt. Das Kreuz selbst stammt aus dem Jahr 1983, aber die Christusfigur ist schon über 700 Jahre alt. Übrigens: Aus der Ferne ahnt man kaum, dass diese Figur so groß ist wie ein lebendiger Mensch.

Das goldene Kreuz direkt neben dem Lesepult (Ambo) zeigt an, dass an dieser Stelle die Worte Jesu verkündet werden. Die drei goldenen Keile rechts, links und unten erinnern an die Nägel, mit denen Jesus ans Kreuz geschlagen wurde. Oben ist die Tafel mit den Buchstaben INRI zu sehen: „Iesus Nazarenus Rex Iudaeorum". Übersetzt heißt das: „Jesus von Nazareth, König der Juden".

Dieses Kreuz kann der Besucher des Domes nicht sehen, denn es ist mit einem Tuch bedeckt: Das Kreuz ist in die Oberseite des Altares eingemeißelt. Der Altartisch erinnert an Jesus selbst, der vor seinem Tod seine Jünger um einen Tisch versammelt und dort das letzte Abendmahl mit ihnen gefeiert hat. In jeder Heiligen Messe ist Jesus auch heute mitten unter den Menschen.

Sogar auf dem Fußboden sind ganz kleine Kreuze zu sehen. Vor allem in der Nähe der Altarstufen kann man sie entdecken. Die kleinen Kreuze aus Blei zeigen, an welchen Stellen früher die verstorbenen Bischöfe begraben wurden. Heute werden die Bischöfe in der Krypta des Domes beigesetzt.

Dieses Kreuz steht in der Krypta des Domes in einer kleinen, dunklen Nische. Das Besondere: Ein neues, modernes Kreuz aus Gold steht auf einer alten Säule aus Stein. Erinnert der obere Teil des Kreuzes nicht an eine Krone? Oder die beiden Seitenarme des Kreuzes nicht an zwei gebende Hände? Jesus selbst hat sich am Kreuz hingegeben und ist so zum Retter, zum König geworden.

Die zentrale Figur in diesem Bild ist Jesus, der Gekreuzigte. Rund um Jesus sind viele kleine Zeichnungen zu entdecken: Ein Haus, aus dem Flammen schlagen. Ein Ruderboot, das an ein Sklavenboot erinnert. Gesichter, die traurig aussehen. Das alles sind Bilder für das Leid, das Menschen auch heute erfahren. Sie zeigen Situationen, in denen Jesus, der selbst Leid und Tod erlitten hat, ganz nah bei den Menschen sein will.

Welche Kreuze findest du noch im Dom?

Die Orgel

Die Orgel gehört zu den größten Musikinstrumenten der Welt, weshalb sie auch „Königin der Instrumente“ heißt. Mit der Orgel kann man viele andere Instrumente nachahmen. Sie kann so zart klingen wie eine leise Flöte oder so laut wie eine Trompete. Die auffälligen Pfeifen, die nach vorne in den Dom hineinragen, heißen deshalb auch so: Spanische Trompeten.

Die Orgel ist ein Blasinstrument. Drückt der Organist eine oder mehrere der vielen Tasten, wird Luft durch die Pfeifen geblasen. Je nach Länge und Material der Pfeifen kann man dann hohe oder tiefe, laute oder leise Töne hören. Kaum zu glauben, es sind über 6600 Pfeifen. Die größte von ihnen misst fast 11 m, die kleinste gerade einmal 10 cm. Von den über 6600 Pfeifen sieht man nur wenige. Die meisten befinden sich im Gehäuse der Orgel.

Wie viele Spanische Trompeten hat die Orgel?
Versuche sie zu zählen!

Die Krypta

Steigt der Besucher rechts neben dem Altarraum einige Treppen hinunter, so steht er in der Krypta. Das Wort Krypta kommt aus dem Griechischen und bedeutet „die Verborgene“. Eine solche Krypta gibt es in fast jeder Bischofskirche. Meistens liegt sie unter dem Altarbereich und dem Chorraum. So ist es auch im Würzburger Dom.

Die Brunnen

In der Krypta stehen zwei Brunnen. Früher dienten sie der Wasserversorgung im Dom. So konnten im Mittelalter Pilger, die nach Würzburg kamen, um die Reliquien von Kilian, Kolonat und Totnan zu verehren, an diesen Brunnen mit Trinkwasser versorgt werden. Manche Pilger übernachteten sogar im Dom.

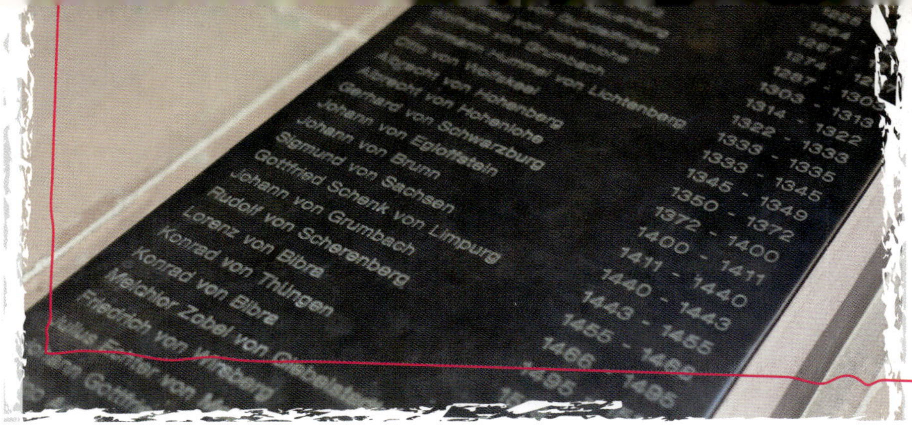

Die Grabstätte der Bischöfe

Häufig wird eine Krypta als Grabstätte für verstorbene Bischöfe genutzt. So ist es im Kiliansdom auch noch heute. Das älteste Grab in der Krypta ist das von Bischof Bruno. Als er starb, war der Dombau noch nicht vollendet. Deshalb wurde er hier in der Krypta in einem Hochgrab beigesetzt.

In einem Nebenraum liegen Grabplatten am Boden. Der erste Bischof, der hier bestattet wurde, war Josef Stangl. Die Gräber links davon sind noch leer und ohne Beschriftung.

Auf einer Bronzetafel am Boden stehen die Namen aller Würzburger Bischöfe bis heute. Die Jahreszahlen zeigen ihre Amtszeit. Wie heißt der erste Bischof von Würzburg?

Das Kreuz in der Krypta

In der Krypta hängt ein ganz besonderes Kreuz. Was es so besonders macht, ist zunächst einmal sein Alter. Es ist über 1000 Jahre alt und damit das älteste steinerne Kunstwerk im Dom. Besonders ist aber auch sein Aussehen. Auf dem Kreuz ist nur ein Gesicht zu sehen. Die Augen sind geschlossen und es wirkt ganz entspannt und friedlich. Manche Leute sagen, das Gesicht lächle sie an. Es ist das Gesicht von Jesus.

Warum hat der Künstler sein Kreuz wohl so gestaltet? Vielleicht wollte er die Menschen darauf hinweisen, dass die Geschichte Jesu nicht mit seinem Tod am Kreuz endet. Es zeigt keinen leidenden Jesus, sondern den auferstandenen und wiederkommenden Christus.

Stell dir vor, du könntest ein Kreuz für den Dom entwerfen.
Wie würde es wohl aussehen?

Die Sepultur

Eine Tür führt vom südlichen Querschiff des Domes in einen Seitenraum. Dieser Anbau trägt den Namen Sepultur. Das Wort kommt aus dem Lateinischen und bedeutet „Bestattung“. Der Name verrät, wofür dieser Raum genutzt wird. Hier wurden und werden auch heute noch die Mitglieder des Domkapitels begraben.

Die Grabstätte der Domkapitulare

Die Domkapitulare sind die Hausherren des Domes und auch eine Gebetsgemeinschaft. Sie tragen zusammen mit dem Bischof Verantwortung für das Bistum. Jeder von ihnen ist für einen bestimmten Aufgabenbereich zuständig. So ist zum Beispiel ein Domkapitular für die Seelsorge im Bistum Würzburg verantwortlich, ein anderer für das kirchliche Personal und einer trägt Verantwortung für den Bereich Schule und Bildung.

Ein großes Kreuz und eine Bilderwand mit modernen Bildern zum Kreuzweg Jesu erinnern hier an die zentrale Botschaft des christlichen Glaubens: Unsere Verstorbenen sind mit uns auch über den Tod hinaus verbunden. Wir dürfen darauf vertrauen, dass der Tod nicht die Endstation ist, sondern dass Gott die Toten heimruft in sein Licht.

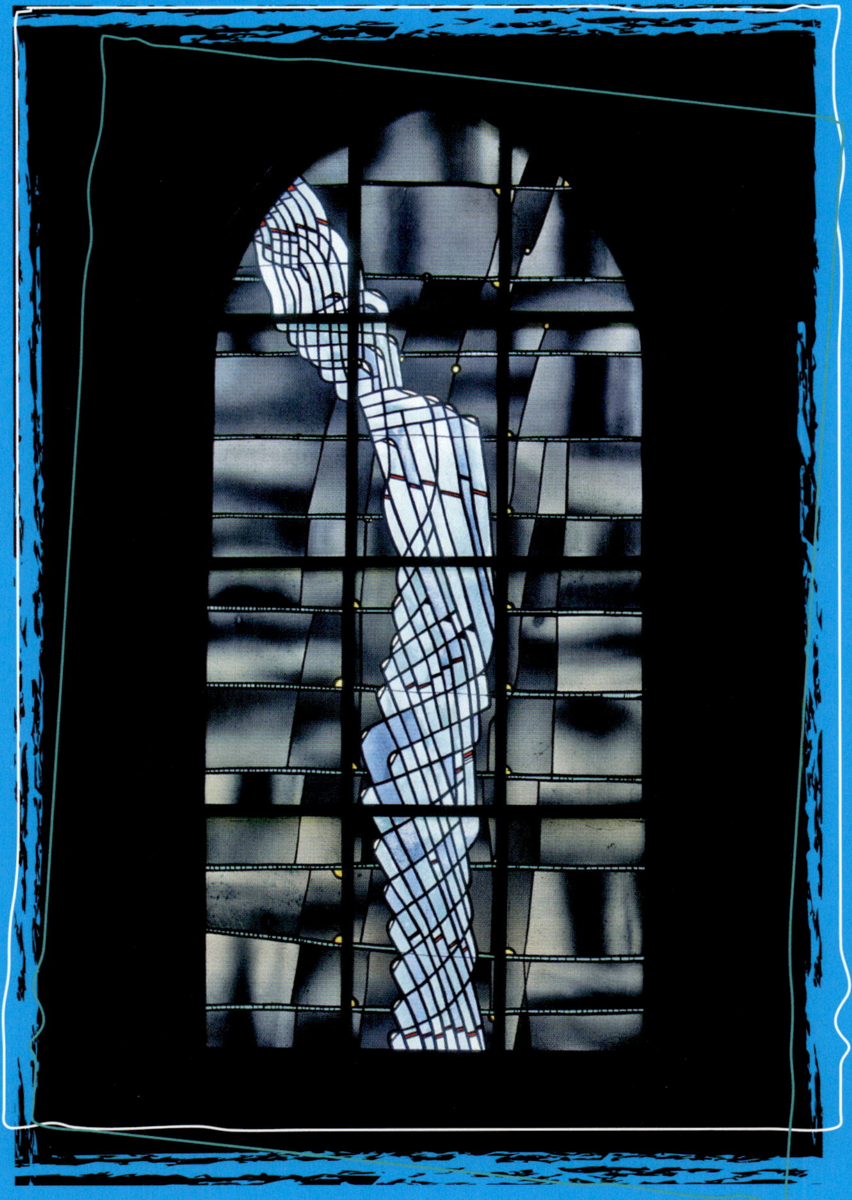

Advent

Die Fenster in der Sepultur

In der Sepultur gibt es beeindruckende Fenster. Buntes Glas leuchtet selbst dann, wenn es draußen trüb ist und die Sonne nur wenig scheint. Betrachtet man die Fenster von außen, erahnt man nicht, welche Farbenpracht sich hier versteckt, denn von außen sind die Kirchenfenster dunkel und grau.

So sind bunte Glasfenster in Kirchen nicht einfach nur eine schöne Verzierung oder Dekoration. Sie sind ein wunderbares Bild für Gottes Wirken selbst: In Gottes Licht und Liebe bleibt nichts grau und dunkel. Wer von seinem Licht, seiner Botschaft, seiner Liebe erleuchtet wird, kann selbst strahlen und glücklich sein. Die Fenster in der Sepultur erinnern in sehr modernen Formen an die verschiedenen Feste im Kirchenjahr: Tage und Zeiten, die uns die Botschaft von der Liebe Gottes immer wieder neu ins Gedächtnis rufen wollen. Der Künstler, der diese Fenster gestaltet hat, heißt Georg Meistermann.

Suche dir ein Fenster aus und betrachte es genau.
Was kannst du hier alles erkennen?

Epiphanie

Österliche Bußzeit

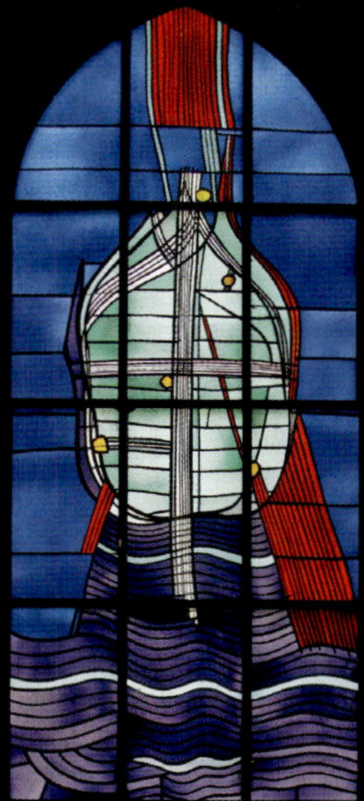

Ostern

Pfingsten

Dreifaltigkeit

Fronleich-
nam und
Herz Jesu

Der Kreuzgang

Eine Tür im südlichen Querschiff führt zum Kreuzgang des Domes. Die Fenster des Kreuzganges laufen spitz zu und stammen aus der Zeit der Gotik. Der Kreuzgang wurde zu Beginn des 15. Jahrhunderts an den Dom angebaut. Bis heute ist er ein Ort der Stille und Besinnung.

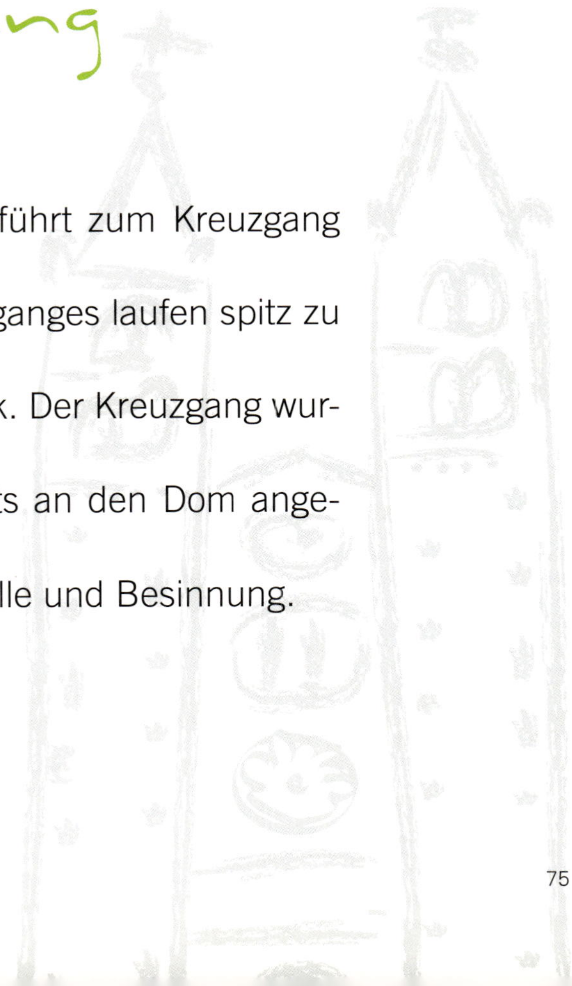

Ort der Ruhe

In der lauten Innenstadt wirkt der Kreuzgang wie eine kleine Oase der Ruhe. Läuft man durch den Kreuzgang, so kann man am Boden und an den Wänden Grabsteine von Domkapitularen und fränkischen Adeligen entdecken. Ob der Begrabene ein Geistlicher war oder nicht, verrät oft sein Grabstein. Die Grabsteine der Domkapitulare zeigen Kelch und Hostie als Zeichen dafür, dass sie Priester waren. Sind die Begrabenen keine Geistlichen, so werden sie häufig in einer Ritterrüstung dargestellt, manche von ihnen zusammen mit ihrer Frau.
Oben am Deckengewölbe sind Wappen zu sehen. Sie bilden die Schlusssteine des Gewölbes und damit die höchsten Punkte im Kreuzgang. Einer der Schlusssteine zeigt einen Domkapitular zusammen mit dem heiligen Kilian.

Findest du den Schlussstein, auf dem Kilian zu sehen ist?

Verbindung zur Domschule

Im Mittelalter wurde der Kreuzgang auch als Verbindung genutzt, um vom Dom in die Domschule zu gelangen. In der Domschule wurden vor allem Kinder aus adeligen Familien unterrichtet. Hier hatten sie die Möglichkeit, Lesen und Schreiben zu lernen. Das konnten früher nur wenige Menschen. Die Schüler hatten aber nicht nur Unterricht im Lesen und Schreiben. Sie lernten auch Mathematik, Astronomie oder Musik. Die meisten Domschüler wurden auf den Beruf des Priesters vorbereitet. Einige von ihnen wurden dann später Domkapitular oder Bischof.

Ein Portal erinnert an diese Verbindung zwischen Dom und Domschule. Es zeigt einen Lehrer. Mit dem aufgeschlagenen Buch in der Hand sieht er fast so aus, als unterrichte er gerade.

Auf dem Weg nach draußen

In der Nähe des Ausgangs sieht man im Dom Bilder von Sterben und Tod. Sie begleiten den Besucher nach draußen, zurück in die lebendige Stadt. Gestärkt in der Hoffnung: Der Tod hat nicht das letzte Wort. Gott schenkt ewiges Leben.

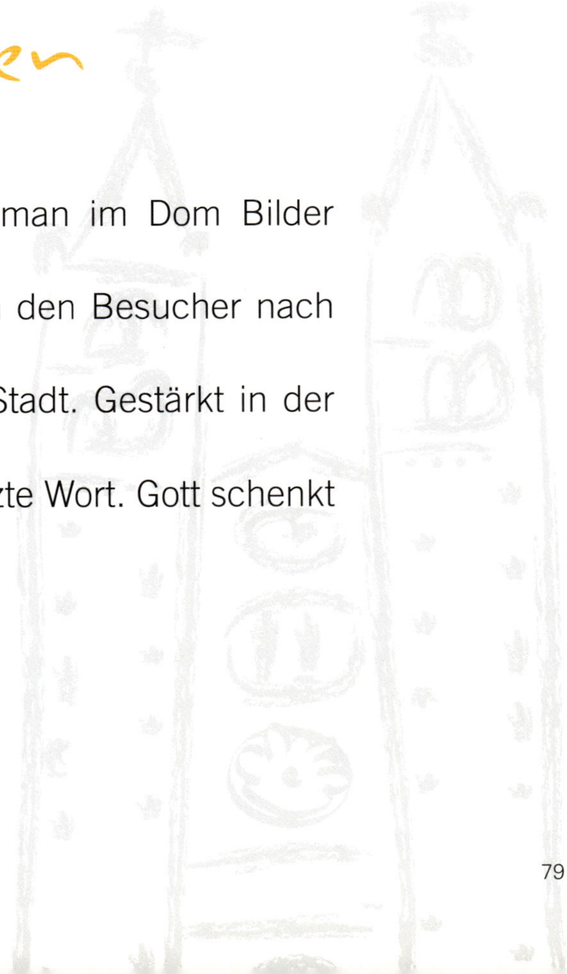

Die Beweinung Mariens

Im Würzburger Dom werden oft alte und neue Kunstwerke unmittelbar nebeneinander gezeigt. Die Figurengruppe aus Stein zeigt Maria, die Mutter Jesu. Sie liegt auf ihrem Totenbett. Um sie herum haben sich die Apostel und Freunde von Jesus versammelt. Sie sind traurig, manche weinen. Johannes hat sich über Maria gebeugt und will ihr noch einmal ganz nahe sein.

Das moderne Bild über dieser Figurengruppe nimmt die Formen des alten Kunstwerkes darunter auf. So wie unten Maria liegend zu sehen ist, so sieht man im Bild oben den liegenden Stab auf der Säule. Ganz leicht, fast schwebend, umrahmt von Licht. Das Bild erzählt eine Hoffnungsbotschaft: Im Tod ist der Mensch in Gottes Hand aufgehoben und geborgen, nichts bringt ihn mehr aus dem Gleichgewicht, nichts Schweres und Dunkles soll ihn mehr gefangen halten.

Zeit für Stille

Im nördlichen Seitenschiff, hinter einer Wand, befindet sich ein Ort der Stille und des Gebetes. Menschen, die Sorgen haben, die traurig sind, die ein Anliegen haben und um etwas bitten, kommen hierher. Sie zünden eine Kerze an und wenden sich an Maria. Auch wenn sie schon gegangen sind, brennt die Kerze noch weiter.

Gegrüßet seist du, Maria,
voll der Gnade.
Der Herr ist mit dir.
Du bist gebenedeit unter den Frauen,
und gebenedeit ist die Frucht deines Leibes,
Jesus.
Heilige Maria, Mutter Gottes,
bitte für uns Sünder
jetzt und in der Stunde unseres Todes.
Amen.

Zurück in den Alltag

Verlässt man den Dom über das Hauptportal, wartet draußen der Alltag, das Leben. Daran erinnern uns auch die beiden modernen Bilder des Künstlers Peter Vogt. Zu sehen ist Maria mit ihrem toten Sohn Jesus auf dem Schoß. Es sieht fast so aus, als halte Maria ihr neugeborenes Kind in den Armen. Maria wirkt ruhig und in sich gekehrt, während Jesu Leichnam hell erleuchtet und über die Dunkelheit des Todes hinaus strahlt. Es ist ein Ausdruck größter Liebe und gleichzeitig des größten Leids.
Manchmal liegen Leben und Tod ganz nah beieinander. Die Bilder zeigen ein Geschehen innigster zwischenmenschlicher Beziehung. Mutter und Sohn fühlen sich zutiefst verbunden über den Tod hinaus. Eine Hoffnung, die unser Lebensende übersteigt und uns zuversichtlich wie durch ein Tor nach draußen ins Leben gehen lässt.

Grundriss

Der Grundriss zeigt den Rundgang durch den Dom noch einmal im Überblick. Die Zahlen verweisen auf das jeweilige Kapitel im Buch. Natürlich ist es auch möglich, einzelne Stationen direkt anzusteuern und dann im Buch die dazu passenden Informationen nachzuschlagen. Das Autorenteam wünscht viel Freude beim Entdecken, Lesen und Rätseln.

O
N
S
W
5
6
4
7
1
3
8
2

Zeittafel

um 689	Tod der Frankenapostel Kilian, Kolonat und Totnan
741 / 742	Gründung des Bistums Würzburg
788	Weihe des ersten Würzburger Domes
855	Zerstörung des ersten Domes durch einen Brand
1187 / 1188	Vollendung des romanischen Domes
ab 1418	Umgestaltung des Domes im Stil der Gotik
ab 1699	Umgestaltung des Domes im Stil des Barock
16.03.1945	Brand des Domes durch Luftangriff im Zweiten Weltkrieg
20.02.1946	Einsturz des Langhauses
1967	Abschluss des Wiederaufbaus
2011 / 2012	Renovierung und Neugestaltung

Bildnachweis

S. 05 Domillustration und Zeichnungen, Christine Eisner
S. 06 Weihbischof Ulrich Boom, Bernhard Schweßinger, POW
S. 09 Kinder im Dom, Markus Hauck, POW
S. 10 Kiliansportal (Otto Sonnleitner 1966/67), Peter Hellmund
S. 13 Ausschnitt Kiliansportal, Peter Hellmund
S. 16 Figur Bischof Burkard, Peter Hellmund
S. 17 Figur Bischof Bruno, Ulrich Kneise
S. 18 Grabmal Fürstbischof Rudolf von Scherenberg (Tilman Riemenschneider 1496/99), Peter Eberts
S. 18 Grabmal Fürstbischof Julius Echter (Nikolaus Lenkhart zugeschr.), Peter Hellmund
S. 19 Gedenktafel Bischof Julius Döpfner, Peter Hellmund
S. 20 Blick auf den Kiliansdom von der Domstraße aus, Peter Eberts
S. 22 Blick zu den Glocken im Nordturm, Peter Hellmund
S. 23 Ausschnitt Westfassade, Peter Hellmund
S. 25 Hauptportal (Fritz Koenig 1964/67), Peter Eberts
S. 26 Weihwasserbecken, Peter Hellmund
S. 28 Innenansicht barocker Dom vor 1945, Landesamt für Denkmalpflege
S. 30 Ansicht zerstörter Dom, Fotograf unbekannt, Quelle: Kunstreferat der Diözese Würzburg
S. 31 Blick in das südliche Seitenschiff, Peter Hellmund
S. 32 Blick durch das Hauptschiff in den Chorraum, Peter Hellmund
S. 35 Menora (Andreas Moritz 1967/81), Peter Hellmund
S. 36 Dreikönigsgruppe (um 1300), Peter Hellmund
S. 39 Taufbecken (Meister Eckard 1279), Peter Eberts
S. 40 Details Taufbecken, Peter Eberts
S. 43 Blick auf die Bischofsgrabmäler, Peter Hellmund
S. 44 Kanzel (Michael Kern 1609/10), Peter Eberts
S. 47 Altarraum (Albert Schilling 1964/67), Peter Hellmund
S. 48 Innenansicht Tabernakel, Peter Hellmund
S. 49 Lied: „Gottheit tief verborgen“, GL Nr. 497

T: Thomas von Aquin „Adoro te devote“ 1263/64, Ü: Petronia Steiner [1947] 1950 © Herder Verlag, Freiburg, M: Frankreich 17./18. Jh.

S. 50 Schrein mit den Reliquien der Frankenapostel (Josef und Michael Amberg 1967), Peter Eberts

S. 51 Lied: „Wir rufen an“, GL Nr. 890, T u. M: Gg. Vogler (Catechismus) 1625

S. 53 Wiederkehrender Christus (Hubert Elsässer 1987/88), Peter Eberts

S. 54 Blick in den Hochchor (Hubert Elsässer, Gerhard Heinrich Bücker, Ernst Singer, Lothar Forster u.a. 1987/88), Peter Hellmund

S. 56 Chorbogenkreuz (Gerhard Heinrich Bücker 1983), Peter Eberts

S. 57 Standkreuz (Albert Schilling 1964/67), Peter Hellmund

S. 57 Kreuz in der Altarfläche, Peter Hellmund

S. 58 Kreuz im Fußboden, Peter Hellmund

S. 58 Kreuz auf romanischer Säule (Jürgen Lenssen 2012), Peter Eberts

S. 59 Gemälde ohne Titel (Mimmo Paladino 2012), Peter Eberts

S. 61 Hauptorgel (Fa. Klais 1968), Peter Eberts

S. 62 Abgang zur Krypta, Peter Hellmund

S. 64 Brunnen in der Krypta, Peter Hellmund

S. 65 Chronik der Bischöfe, Peter Hellmund

S. 66 Steinkreuz in der Krypta (vermutlich um 1000), Dr. Günter Henner

S. 68 Sepultur, Peter Eberts

S. 71 Sepultur-Fenster Advent (Georg Meistermann 1956), Ulrich Kneise

S. 73 Sepultur-Fenster (Georg Meistermann 1956), Ulrich Kneise

S. 74 Blick in den Kreuzgang-Garten, Peter Hellmund

S. 76 Schlussstein mit Kiliansmotiv im Kreuzgang, www.zudem.de

S. 77 Magister mit Buch, Ulrich Kneise

S. 78 Blick durchs Hauptportal nach draußen, Peter Hellmund

S. 81 Marientod (um 1440) mit Gemälde ohne Titel (Marco Tirelli 2011), Peter Eberts

S. 82 Pietà (um 1410), Peter Eberts

S. 83 Brennende Kerzen, Peter Hellmund

S. 85 Gemälde Pietà (Peter Vogt 1985), Peter Eberts

S. 87 Grundriss Dom, Kunstreferat der Diözese Würzburg

S. 88 Ansicht Würzburg, Peter Hellmund

Der Domführungsdienst bietet Führungen für Kinder, Jugendliche und Erwachsene an. Interessierte Gruppen können sich mit ihren Anfragen gerne an die Dominfo direkt am Domvorplatz wenden.

Hier gibt es auch Tickets für die öffentlichen Domführungen, die in der Zeit von Dienstag nach Ostern bis einschließlich 1. November täglich um 12.30 Uhr stattfinden.

Außerdem gibt es hier weitere Informationen, Literatur, Postkarten und Souvenirs.

Domstraße 40
97070 Würzburg
Telefon: 0931/ 386-62900
Mail: information.dom@bistum-wuerzburg.de
www.dom-wuerzburg.de